JN065406

ぼうのつらいさん

坊津礼賛

夢みる夢子

YUMEMIRU Yumeko

文芸社

明日が来ることは

奇跡である

坊津礼賛

目　次

坊津移住

　北緯30度、43分、17秒、坊津岬からはるか彼方西南の方向に、戦艦大和は静かに眠っている。

　坊津の港の栄華衰退の歴史を垣間見てきたのだろうか。世界が空中戦を主流としている最中、確かに立派な戦艦大和は、私には余りにも無謀な戦いに挑んだように思えた。

　戦艦大和の立派さも坊津港の繁栄も今は昔。かの有名な俳人松尾芭蕉が詠んだ「夏草や兵どもが夢の跡」そのもののような気がした。

　全てが只坦々と過ぎ去り、今は、鄙びたような面影が港へ続く立派な切り出しの苔むした石垣に、一部その昔をしのばせ栄華の跡を垣間みせているのだった。

　ここは、鹿児島県南さつま市坊津町という所である。JR鹿児島駅からさらに1時間30分、終着駅の枕崎に到着する。その枕崎から車で約15分程の所に坊津は

ある。

　小さな入り江を見下ろすように海岸線から一気に町並みはせり上がり、すり鉢状の中に点々と小さな家々が散在していた。

　私が和歌山から坊津にやって来たのは、2022年3月11日だった。和歌山県の古座という所で10年間自然農法の農園をしていたが、酷使した体はボロボロでギシギシと悲鳴をあげていた。

　私は、古座川町という所から同和歌山の上富田町という所へ移動し、家に温泉を引き4年間リハビリに専念した。

　人とは現金なもので、体の調子が戻ってくると、あれもこれもと気がせいて居ても立ってもいられなくなってくるのである。

　リハビリをしていた4年間に、私は歩いて15分程の所にあるBig-youという立派な図書館で、自然農をする傍ら楽しみの為にしていた俳句の勉強を本格的に始めたのだった。この上富田の住居は、温泉と図書館

ありきの場所を選んだものである。私は、ここで正岡子規以降の俳人のあらゆる本を片っぱしから読み込んでいった。自分の好きなことをしていると人は楽しい気持ちになるものだ。４年間のリハビリもつらいと思ったことは一度もない。

　70歳だからもう何も出来ないと考えるのはやめよう。読む本（俳句に関して）もそろそろ無くなってきた頃である。思い立ったが吉日、私は自分に残された日々の為に、そして本を出版する為の資金を調達する為に地価の安い場所を探し始めた。

　すぐに南九州の各自治体に問い合わせ、移住の為のパンフレットや情報誌等を取り寄せ、その中で一番条件の良かった南さつまに移住することに決めた。

　旅行等で南の島々を訪れたことも度々あり、もともと暖かい地域が好きだったこともある。年間の平均温度や降雨量等も考慮し、温暖で地価が安く、情報誌に載っている他のいろいろな条件等も気がきいているように思えた。役場に紹介して頂いた不動産屋に直接電

話をしてこちらの条件を伝える。

　例えば、海の見える所、平屋、畑の出来る所…等々。そして３ヶ月程経った頃、不動産屋さんから電話があり、「○○さんいいのが出ましたよ」と言ってきたのである。写真等を送って頂き即決「はい、買います」と言ったのである。ほとんど諦めかけていた矢先のことであった。最初、空家バンク紹介等というものを見ていたが、意外と田舎の物件は取り合いのようで、いつまで経っても良いと思える物件にアクセスすることが出来なかったが、直接不動産屋さんとお話ししたことでこの家と出会うことが出来たのである。

　幼かった頃、私は一度も自分を運のいい人間と思ったことはなかったのだが、頸椎症や癌の手術から復帰して古座川町の楠という所で再び農園の仕事を坦々と始めた時、村人達は、私のことを強運の持ち主と呼んだのだった。そして坊津に来てこの家を見た時、一緒にやって来た友人達も又私をとても「運のいい人」と言ったのだった。そうだったんだ！

上富田の家を買った時もこの家を買う時も、誰も自分に賛同する人はいなかったが、人の言葉等は聞かぬ方が良いということだ。自分の真に望むこと、自分の良いと思うことを信じて決断したことはいつも自分に好機をもたらした。血液型は多分変型というのかも知れない、だから人の器で計れる型には出来ていないのである。何かを決断する時には、ことごとく人と判断が違うのであった。何はともあれ、私は和歌山の家を売ることによってこの家を手に入れることが出来たのである。

　引っ越しの当日、朝から友人達も手伝いに来てくれて、昼前には全ての家財道具が積み終わり、引っ越し屋の３トントラックのドアがパタリと閉まった時、自然にハラハラと涙がこぼれ落ちた。知らず知らずの内に自分は「いっぱい、いっぱい」だったのだと思った。先ずは和歌山の家が売れること、引っ越しの準備、そして出版のこと、それらは全て期限があることだったので本当にきつかった。でも出来た！！

老犬がいたので、家を見にいったりは出来ないと最初から思っていたし、先ずは、その家を足がかりにして現地に行ってから再度ゆっくり家を探そうと腹を決めていたのだが、いざ行ってみると、家は完璧といっていい程立派な家でその立地もとても良かった。「いい家ですよ」と不動産屋さんが言っていたのは本当だった!!　手を加えなければならない所はほとんどなく、只外回りの庭を囲っているブロックの壁のひずみが少し気にかかった。

　2022年3月10日、我が家の老犬（愛犬ピンチ）の為に、車輪送を引き受けてくれた友人2名と私は、坊津に向かって出発した。

　途中犬と泊まれるホテルで一泊し、快晴の中旅を続ける。ピンチは体の不調もなく結構旅が気に入っている様子だった。次の日坊津についたのは夕方近くだった。

　不動産屋に電話を入れようと車を止めたのは耳取峠

という所であった。何て美しい所へ来たもんだと何や
ら幸先の良い気持ちになったものだ。

　後で知ったことだが、ここは坊津八景のひとつで
あった。何の知識もなくこちらにやって来たので「あ
れ開聞岳と違う？」と車を発進させてから言ったので
ある。高校の修学旅行で見たことをおぼろに思い出し
たのであるが、恐ろしく何も知らずにここまで来たも
んだと我ながらおかしくなる。

　引っ越しの為の準備や出版のこと等、するべきこと
が余りに膨大にありすぎて坊津についてまで考えが及
ばなかった。

　カーナビに従い坊トンネルを抜け、右へ左へ細い道
をたらたら登っていくと、５分もしない内に写真で見
ていた家がポッカリ見えてきた。

　家の前の道は、車がそれ以上入れないという行き止
まりの道で、他の車が往来しない道なんてとても良い
と思えた。鍵は納屋の入り口付近に置いてあった。そ
して家に入ってみると、友人が「感動した」という程

太い梁が張りめぐらされ田舎家風にリフォームされた新築のような家で、確かに年配の方が熟考してリフォームされたのだと思えた。家の中はバリアフリーで風通しが良く、明るくて生活の動線も簡潔で何やら快的感いっぱいの家であった。南に面した部分には廊下が設けてあって冬場はそこで書きものをするのだが、明るくて暖かくてサンルームのようになるのだった。昼間は暖房器具も照明も不要である。

　購入時には、ずい分と値引きをお願いしたのだったが快く？オーケーを下さりなんてラッキーなことだったろう。自分が和歌山の家を売った時も100万円程値引きをしたので「ああ、良かった」と内心ホッとしそれなりに納得もいったのだった。本当にお金はめぐるものである。出たり入ったりを繰り返すものらしい。

　初めて見る坊津の港は、こぢんまりと落ち着いた様子だった。右から左から急峻な崖がせり出して、向かって右側の崖は、何か鋭利な刃物でスパッと切り取

14

られたような鋭さで東シナ海の青の中へ没入し、常に砕け散る白い波が周りをぐるりと取り囲んでいるのだった。

　向かって左側の崖からは、長い波よけの防波堤が張り出ていて何人もの太公望らしき人達の姿が点々と並んでいた。家からはいつも左側の防波堤しか見えなかった。入り江は大きくはないが、がっちりとした岩山に守られた自然の要塞のように奥へ奥へと入り込んでいるのだった。

　港の奥には小さな緑をたたえた鎮守があり八坂神社といい、ほぜどん祭りの時には大層賑わうのだそうだ。公道から少し入った所には、龍巌寺（廃仏毀釈の後建てられたもので浄土真宗の寺である）というお寺の屋根も見え、日本的なしっとりとした風情が漂っていた。

　坊津に来てから、不動産屋との最終的なやりとりや、役場との事務的なこともあり数日はなかなか多忙であった。不動産屋との売買や本の出版のこと、引っ越しの準備など全てが重なって、自分の人生でこれ程忙

しかったことはない。途中「こわれてしまった」と自分を感じる程のヘトヘトぶりであったが喉元過ぎればとはこのことだ。和歌山の家がはからずも順調に買い手がついたことでホッと一安心。今では何ごともなく日々が快調に過ぎていくのである。

　一緒にやって来た友人達も帰ってしまい、部屋の大ざっぱな片づけも一段落した頃、書斎から見える小高い山々に桜の花が咲き始めたのは、ここに来てから2週間程してからのことだっただろうか、今では午前中は書きものをし午後からは畑や花壇の外回りの仕事を始め、一日は結構忙しくいつもアッという間に過ぎてゆくのであった。

　生活も気持ちも落ち着いてきてピンチと一緒に散歩の為に港の方へ下っていくと、何やら立派な石垣等もあり、時折出会う道ゆく人達の様子も、自分が想像していた少し荒々しいような漁師町の人々というのとは少し違ってみえた。

　私がこの町の背景に興味を持ったのは、道で行き違

う人達の何気ない様子や近隣の人達のくったくない笑顔であった。荒くれたところは全くなく、くったくなく、ざっくばらんで快活な印象であった。

　もともと坊津のことを何も知らず、只々地価が安く温暖であるということに引かれてやって来ただけのことである。昔から台風というと、枕崎の先端がテレビの画面に映し出されるというのが定番であったのだが、ここ近年、その道筋は少しずれてきたと感じていたので、そのことは、この地を選ぶ手がかりのひとつとして大きな決め手となった。

　ここに来るまでは、坊津のほの字も知らなかったし、ましてや坊津の歴史を調べたり、「よし、本を書こう！」と思う等とは予想もしていなかった。

　先ず私が、ここで一番にやるべきことは、『HAIKU-O$_2$』を仕上げること、そして次に『HAIKU-H$_2$O』と『菜園のススメ』という本をカワセミシリーズという本の為に出版することであった。

　それらが私の当初の目的であり、もうすでに

『HAIKU-O₂』は、この10月に出版の運びとなり他の本も順次出版の予定である。

　そして、次に私が取りかかるべきことは畑の畝を作ることであった。小さな畑を作ることは、当初から私の目的のひとつであった。畑は母屋の隣ガレージをひとつ挟んだ所にあり、母屋の窓からも畑の様子をすぐに見ることが出来、何か気になることがあるといつでもすぐに飛び出していけるような距離である。広さは約30坪程あり、私の身体的能力からいうと少し広すぎるかとも思うが、今までの経験からいうと、人生とは少し忙し過ぎるのが丁度良いと思えるのである。立派な遊び道具を手に入れた子供のように心は浮き浮きするのであった。

　私は早々に畑の草を刈りいくつかの畝を作り種を蒔いた。春菊、レタス、ネギ、大豆等は、アッという間に芽を出し成長した。土が少し足りないと思ったので市販の土を足したところ栄養過多で大豆は失敗、葉ばかり立派なものになってしまった。ここの土は余り肥

料を必要としない割と良い土のように思えた、当初加えた土が落ち着いてきたら畑の状態はもっと良くなるだろう。

　何事においても大事なことは観察である。私はここに来て３ヶ月もしない内に、レタスや春菊を近隣に配り歩いた。

　近くに住んでいる公民館の館長さんがやって来て「こんなに沢山春菊作ってどうするの？」と言われたが、最初から皆が食べるようにと思って作っているので丁度良いと思えた。

　坊津は、やはり温暖で野菜の成長は非常に早かった。落ち葉等で出来た腐葉土だけで十分であると思う。

　確かに栄養をたっぷり与えている他の畑に比べれば、特に実もののキュウリやゴーヤやオクラ等小さいものが多いが、売りものではないので自分で食べてゆくには十分である。労力とお金をかけずに大きさも求めない。安全で簡単な作物づくりが私に与えてくれるものに、私は心から満足するものである。小さくてもいい

じゃないか!!　地球にも人間にもやさしいが一番いいと私は思う。

　あちらこちらとボツボツ散策を始めると、ここはなんとも不思議なところであった。

　何よりも先ず、自分の家の庭に県の文化遺産である四角墓（一乗院の住職の墓）というものがあり、不動産の取引き書類の中にも「役場との売買の交渉の場につくことを約束するものである」という条項が設けられていたりした。一乗院とは、真言宗の寺であり1472年頃に隆盛を誇っていた坊津の中心的な寺院のことである。そのことでは、和歌山の友人とも大笑いしたのであったが、こちらに来てからも遺跡についての面白い話があった。「一乗院にあった仁王像２体が自分の庭に転がっていた」という話である。廃仏毀釈という弾圧運動の時に壊され打ち捨てられたものであるが、ここは遺跡の話がごろごろしているような土地柄らしい。ここの人達が醸し出している風情や至るところにある歴史的遺跡等、余りにも私の知っている漁

師町というのとは掛け離れていたので、私の中の触手はむっくり起き上がったらしい。この町に流れている空気感、それは決して不快な感じではなく、むしろ人懐っこい心地良い感じであって、それらは一体どこから来るのだろうと思うのだった。

　若い頃から旅に明け暮れていたが、この町は、そのどれとも違う印象であった。そして不思議なことに、自分が生まれ育った京都に里帰りしたような何か懐かしいそんな気さえしてくるのであった。

　私は坊津の歴史を知りたいと思った。ここの人達の背景となっている史実とはいかなるものなのだろう。坊津という町が景と史の町であるということもここに来て初めて知った訳だが…。

　果てさて、坊津とはいかなる町のことなのだろう。

　町の人達と立ち話的に話をする中にもいろいろな情報があるものだ。坊津とは宿坊が沢山あった港という意味だと教えてくれた。

この町の歴史を紐解いてくれそうな本は、先ず坊津町郷土誌上・下巻というものであった。明治100年を記念してこの坊津郷土誌編を企画したらしかったが、本当にこの機に坊津についてまとめられたことを心から良かったと思った。

　歴史好きで勉強家であった長井正維<ruby>正維<rt>まさつぐ</rt></ruby>元町長と、あちこちに散逸していたであろう細々とした資料等を、根気強く集められた森高木氏に敬意を表すものである。

　もしこの企画がなかったら、又どれ程の資料が失われていたか解らない。その他にも、廃仏毀釈や島津藩と明治維新についてや、鑑真和上の上陸や坊津に配流となった近衛信輔について等、この町の歴史を紐解いてくれそうな本を全て読みあさった。

　もとより歴史書を書くつもりはないが、現在の坊津の人々の人間性を読み解くにあたって、その土台となっている背景を歴史の中にみることは的を射ているように思えた。そして坊津郷土誌上・下巻等を読み進むにつれて、ますます坊津に対する興味が湧いてくる

のであった。

　いろいろと資料を読んでいくと、古来よりそうそうたる文化人達が往来し、その中の数人は、実際に坊津についての文章を書き残しているのである。作家の安岡章太郎は、坊津の人達についてこのように言っている。「町の人達の顔に細おもての、どこかろうけた貴人のような子孫のような面影があるようだ…云々」と、確かに私も坊津の人達に貴人ではないにしろがさつではない何か、それとも淡い文化の香りとも言うべき何か…を感じたのだった。

　数十冊の本を読むにつれ坊津という所が、こんなにも多くの人達によって書かれているということにも先ず驚いたのだが…。

　私には、それらの人々とは又違った観点でこの坊津をみる立場というものがあった。通りすがりに書くものではなく、私はI・ターンとしてここに住みここを耕し、日々買いものをし、日々の暮らしの中で人々と接する立場というものがあった。私には私なりの坊津

が描けるはずだとはっきりと思った。

　本を読みあさり、いくつかの歴史的建造物等も見て
回り、坊津が余りに歴史に翻弄された町だということ
を理解したのだった。

　何冊もの本を読み終わった後、私は壮大な大河ドラ
マを見終えた後のような一種心地良い疲労感を覚えた。
それ程坊津の歴史は、かけ登りかけ下る山河のごとく
繁栄と衰退をくり返し、その都度自力で起き上がって
きた人々の記録であった。

　今なら私は、「坊津」という映画を一本作れるので
はないかと思う程、本の中の言葉が表しているひとつ
ひとつの場面の映像が、私の中で鮮明に浮かび上がっ
てくるのであった。

　日本は、遣隋使や遣唐使等の派遣以来中国との往来
があった訳であるが。それは、主に文化的、芸術的、
精神的な交流を求めてであったことは特筆すべきこと
である。

坊津の人々と海との関わりは、又特別なものであったようである。

夏の緑を存分に蓄えた山肌を海の面に映して、今朝みる坊津の港は、古老のように渋く静かに輝いてみえた。昔からこの坊津の港は、真珠のようだと言われているようだが、私には格ある人の墓より出土した勾玉、緑濃き翡翠の玉のように見えた。何かを言いたげにしかし黙して語らず、只そこに静かに呼吸しているように思えた。

西暦583年、百済の日羅という人が坊津に坊を建てたのが、坊津の宗教一乗院の始まりだったようである。

673年頃には、唐との貿易が盛んにあり坊津港は入唐道という異名を持つ、海外との交流の主要な発着地であった。

753年、鑑真和上が秋目に上陸し（6度の渡航を試みやっと7度目の上陸であった）、ここに日本の仏教精神への道が開花してゆくことになる。鑑真和上の秋目上陸については諸説あるようで、第3資料というも

のらしいが、その地に伝わった伝説やその他口伝され
た話等に基づいたものがあるようである。しかし、そ
のことについて語るのはもっと適した人にまかせた方
が良さそうだ。私にとって大事なことは、今現代の
人々とその関わりについてである。
　この頃の航海術というのは、潮まかせ、風まかせ、
北極星を頼りに行くような文字通り命がけの旅であっ
た。その後、鑑真和上が奈良に唐招提寺を建立し仏教
の最盛期を迎えることとなり、坊津港は益々、海外に
開かれた主要な港として全土から優れた文化人達が往
来し、渡航の為の風待ち波待ちをしたのだった。その
中心は一乗院であり、当時の遣唐船の規模は、大型船
では250人、中型船では200人、小型船で70～80人
程であったという。それに伴う貿易品の移動や、食料
品等の物資の調達等のことを考え合わせ、又港へ通じ
る道々に今も残る立派な石垣や細い坂道、くねくねと
続く町並み等を身近に感じていると、当時の様子、波
待ち風待ちをしている文化人や僧侶達、又船の乗組員

等の闊達に動き回る姿が容易に想像出来るのであった。

　このように活発な中国との交流は、日本の華やかに開花した天平の文化にも大きな影響を与えたようである。外部からの人の流れが常にあり、文化や宗教等精神的な充足感があり、人々の心は高揚感に溢れていたに違いない。

　徳川幕府が鎖国（1639 ～ 1853年）に踏み切るまでは、自由な往来によって学問も文化も取り入れる環境であったが、鎖国により開港が許されていたのは長崎港のみ、オランダと中国との交流が許されていた。

　鎖国令の後、当時南さつま等を治めていた島津家は、自由貿易から密貿易への移行を余儀なくされるが、漂着唐船（漂着を装って行う）との貿易は益々盛んであり、坊津港近辺の船主達は、海商として又密貿易商として巨大な利潤を手にし、海の生活を謳歌していったようである。しかしそれは、幕府の貿易縮小の気運とは相反するものであり、幕府は密貿易の取締りに動き出し、ついに享保の密貿易取締事件というものが起こ

り、坊津の人達は完全に海外との交流を絶たれてしまった。

　抜荷はそもそも、島津藩容認の内に行なわれていたものであるとも思うが、記録によると、その最盛期には、商船が約70艘程もこの小さな坊津の港を出入りしていたようである。1914年8月、抜荷禁令が令達されると共に、船残留禁止令が出されるや否や家人達の密通等により、船主達は船もろとも蜘蛛の子を散らすように逃亡してしまい、船一艘も戻ってくることはなかったということである。

　坊津の人々にとって、それは奈落の底へつき落とされたような瞬間であったろうが、それでも坊津の人達は、自分達の持っていた海で培った知恵や知識や技術を生かし、今度は、日本全土へ荷を運ぶ海商へそして鰹漁へと職種を変えながら、常に海と生き海に生かされてきた人達であった。

　坊津の人々と海は、数々の苦難を乗り越え常に共に歩んできた同志であった。いつも命がけの仕事であっ

た海の仕事は、坊津の人々のおおらかでしかも芯の強い気風を育てあげ、主要な港として大きく開かれた海外との往来の中で、人々の中によそ者を温かく迎え入れる風土が自然に培われたに違いない。

又、この地には、多くの寺院や僧侶達もいて農民も漁民も皆それぞれに何かしらの学習にふれる機会も多々あり、読み書きが出来たことが文化的素要を身につける要因であったと推測される。

唐物崩れ（密貿易取締事件）の後、坊津は漁業の町へと転換を迫られ、鰹漁はこれを機に始まったと言われている。当初の漁業とは、大漁３年不漁７年などと言われる程不安定なものだったようで、1801年、坊津の森吉兵衛という人が鰹節製造業を興した後次第に漁況も賑わうようになったという。

1830年、船の帆が綿帆に改められて以降より、1859年頃までが鰹漁の最盛期であったようである。昔の資料（写真）等を見てもその盛況ぶりは半端ないもののように見えた。港は漁船で埋めつくされそれぞ

れの船には精悍な漁師達がこれ又溢れんばかりに乗っているのであった。余りにも古ぼけたような写真でありながら、今でもその船の男達のかけ声や何か、威勢のいい命のほとばしるような声が聞こえてきそうに生き生きとして見えてくるのであった。

　しかし、そんな盛況ぶりもいつまでも続くものではなかった。明治に入って鰹が沿岸に近づかなくなった為、全国的に漁業の沖合進出が加速し始めた。

　最初は、無動力船であり地図もない「山あて」「島あて」のような航法であったが、その後急速に坊・泊（坊の隣町）の船の大型化は進み、明治40年頃には全国最大規模となっていたのである。当時漁業で栄えた暮らしぶりは、今もなおいろ濃くこの辺りに残っているようにも思うが（それぞれに老後を豊かに暮らしているように見えた）、漁業が衰退し始めた頃に漁業に関わった人達は、生活が安定しなくて苦しかったという人もあった。

　漁業の沖合化と比例するように船の動力化・大型化

がさらに進み、やがて獲れ高と経費のバランスが崩れ坊・泊の鰹漁は衰退し始める。一方枕崎では、自身医者でもあった原耕という人が、家業を継ぎ船の経営にも乗り出した為、遠洋漁業の技術や経営力が飛躍的に伸び、やがて鰹漁の中心は枕崎へと移行し現在に至る。

このように海との関わりは、坊津の人々ときってもきれない関係にあったのであるが、坊津の人々の生活や資質を浮きぼりにするには、さらに一乗院との関係を語らぬ訳にはいかないだろう。一乗院抜きでは坊津は語れないとは、何も知らずにやって来た私にも最初から解ったことであった。語るべきものは、一乗院とそれを取り巻く19人高という門戸をかかえていた鳥越地区のことである。そして正に私がI・ターンとして偶然にやって来たのは、ここ鳥越地区という所だったのである。

1133年、鳥羽上皇の勅書により一乗院は勅願寺となり、一時衰退期もあったが1472年頃にはその全盛期を迎えることとなる。

一乗院は、行政的には寺社奉行の支配下にあり「公租賦役」の負担（税のこと）がなく、一乗院を中心とした鳥越地区は上門前町と下門前町とがあり、19人高と呼ばれた門戸達によってその労役がまかなわれていた。寺門前とは一種の身分であり寺院に附属する百姓でありその寺高を耕作していた。又参詣の為の娯楽等にも関わり、人々は三味線の習いごと等もし（当時としては、それはとてもめずらしいことであった）、門割制（薩摩藩の農地制度）の農民に比べ寺への上納率も低くその生活は一般の農民よりも豊かであったようである。

　一乗院は、ある意味独立はしていたが、常にその背景には、京都との往来が頻繁にあった島津家の存在があったことを忘れてはならない。大きな災害等の折には、島津家が一乗院を手厚く擁護したようである。

　確かに、寺院本来の格式の高さ故、庶民的な交流はなかったかも知れないが、それでも尚一乗院は坊津の人々の心の支えであった。一乗院が坊津の人々に与え

た影響は計り知れないものがあったように思うが、今現在ここに住んでいる人達は、残念ながら歴史的なことに興味を持っている人は少ないようである。「何も教えられていない」という返答が実に多かった。

　又、京都の近衛信輔が、豊臣秀吉の意向により配流の身となりここ坊津にやって来たこと等も、坊津の人々のある種の雰囲気を作り出すひとつの要因となったかも知れない。今も港の前辺りには彼の屋敷跡があり当時のままの藤棚が残されている。彼が居住していたのはほんの２年程に過ぎないが、特に信輔は京の雅をそのままに書や詩や文化的なことに長けた人物であったようで、坊津の人々にとって、彼を通していろいろな京都の文化を直に見聞きする縁となったことは確かなようである。このようなことが総じて坊津の人達の今の性質の元となり、深くDNAの中に刻み込まれたのかも知れない。

　次に南さつまのバックグラウンドとしてあった島津

家について少し話をしてみようと思う。

　島津荘を管理していた島津家の始まりは、惟宗忠久が島津荘という薩摩、大隅、日向に広がる広大な荘園（資力ある貴族の私有地）の管理を任せられたことによる。

　島津荘は全国一の大荘園に発展し、惟宗が島津と名字を変えて以降島津家の領地獲得への野望は高まっていくことになる。奥州（日向）と総州（薩摩）に分かれた内部紛争等も経て、いよいよ島津家は九州制圧に意欲を燃やすのであるが、時の関白豊臣秀吉との戦いに破れ九州制圧の夢は儚くも崩れさるのである。豊臣秀吉が伏見城で亡くなった後、徳川家康（東軍）と石田三成（西軍）が文字通り天下分け目の戦い関ヶ原で激突することになる。その時、島津家は西軍の石田三成に荷担していたが、敗戦後いち早く家康に謝罪を申し入れ、結果的に薩摩、大隅、日向を正式に本領安堵されたのである。慶長7年、1602年のことであった。

　島津家は、繁栄衰退の歴史を繰り返しながらやがて

島津重豪、斉彬の代へと移行していった。彼らは非常に熱心に西洋文化を吸収した人達であり、その配下に西郷隆盛らを輩出し、幕府の廃止へと歴史は大きく変革の時代へと突入していくのである。

　それぞれの立場を守るが為の攻防が、朝廷、幕府、各藩の間で激しく激突し合い、やがて討幕の計画が浮上してくるのである。

　1867年、時の将軍慶喜が、意外な早さで大政を奉還し、260年も続いた徳川家に由来していた政務が朝廷に返還されることとなった。

　これは、やはり日本にとっての一大事であったと思う。朝廷の元に西洋諸国の制度を応用した秩序を設け、日本統一の中で政務が運用されようとしていた。いわゆる明治維新、日本の夜明けとも言われるものである。良い面も確かに多かったが、急速に日本固有の文化は消滅していく結果となった。

　1868年、王政復古を受け廃仏毀釈令が出され、約2年程の間にことごとく寺院は崩壊した。私がまだ余

り坊津の歴史を知らない頃、先ず読んだのは『廃仏毀釈』という本であった。長年の間坊津の人々の心の支えとなっていた一乗院（村人達の信仰の対象ではなかったようであるが）というものが、何の混乱もなく短期間の内にこつ然と消え失せたことについて、初めは何か奇異な感じがしたものだったが、歴史の流れを読み解くにあたって成るべくしてなった、原因があっての結果であったと納得がいったのだが。それと同時に、歴史的な宝物までも消滅してしまった（勝手に後世に残るべき宝物があったと想像している）ことは、本当に残念なことだと思わずにはいられない。文化や経済の中心地として栄え、海外からの珍しい物品等も運び込まれることも多かったと思うが、余りにも残されたものが少ないと思えるのである。残された一乗院の再建図なるものを見たが大そう立派なもので、宝物殿なるものも設置されていたのにである。

　幼い頃、『宝島』や『トム・ソーヤの冒険』等に夢中になっていた自分にとっては、大いに気になるとこ

ろである。どこかに宝物の在処を描いた地図はないも
のだろうか…。

　幕府体制が崩壊し、1871年明治政府が、政治を統
一する為行政改革の一環として廃藩置県を発令し、
1877年には、西南戦争にて西郷隆盛は自決、島津家
の国父久光は屋敷を焼かれ、文字通り薩摩藩は終焉を
迎えることとなった。西郷達の目指した天下統一は、
はからずも薩摩藩の終焉を予感させるものであったが、
歴史そのものが持つ皮肉とでもいうものであろうか。
そして島津家は、明治維新という荒波に向かって船を
こぎ出すこととなったのである。

　ざっと粗筋のようなものであるが、これらが本に残
されていた坊津の史実というものである。私は坊津と
いう所へ来て初めて歴史というものをこんなにも面白
いものだと思ったのである。それぞれの人の思惑や意
図が複雑にからみ合い、振り返ってみるとひとつの道
が見える。それは人々の歩いた確実な足跡である。学
生の頃にこの感覚を知っていたら…とも思うが、その

頃の私は、子供らしく遊び惚けていたのである。そし
てそれも又大事なことであったとも思えるのである。
何故なら、人は遊びの中から又は遊んでいるような楽
しい心ですることの中から大事なことを学ぶからであ
る。

青野家の人々

　青い海や南国らしい植物や、聞きなれないさつま言葉等、見るもの聞くもの全てが新鮮で日々喜々として過ごしていたある日。

　家から歩いて10分程の所にあるアコウの木に、赤黒い実がたわわに実った頃のことである。ここが実家だという方がわざわざ訪ねて来て下さって、名前は大谷ナツミさんという方であった。私は、不動産屋さんとのやり取りの中に「この家の持ち主の方に、是非近くにお越しの折にはお訪ね下さい」と、伝えて下さるよう書き添えていたのだったが…。理由は、人にとって生まれ育った家というものは気になるものだからである。

　ほとんどの不動産の取り引きは、和歌山と九州の間で郵送によって行なわれ、私は青野家の人々に出会ったことは一度もなかったのだったが…。

　彼女は、この家で亡くなられたチヅ子さんという方

の妹さんであった。ナツミさんの第一印象は、くったくなくざっくばらんで、さっぱりしていた。私はナツミさんのことを最初から心地良く思った。ナツミさんは、この家に初めて来た時ゴマサバを２本持ってやって来たが、私は魚が少し苦手だった（食べることは好き）ので、「さばけない」というと、さっさと自分で２本の魚をさばいてしまった。その後、私も練習をして少し魚がさばけるようになったが、やはり好きにはなれない。

　ナツミさんは、今76歳だそうだが、いつもやって来る時は枕崎からさっそうとバイクでやってくるのだった。ちなみに今は廃業してしまったが昔はバイク屋さんだったらしい。

　この頃私は、坊津について興味津々で、町で会う人ごとに坊津についていろいろ聞き始めていた。坊津に来た当初、私が最も驚いたことは、会う人会う人口をそろえたように、「ここは、いい所よー」と言ってくることであった。私は、その言葉を聞いて国民の幸福

度97％のブータンという国のことを思い出した。和歌山の友人と電話で話をした時も「私、ブータンという国に来たのかも知れない」と言った程である。

　ナツミさんのお陰で青野家との交流が始まり私はとても嬉しかった。何故ならナツミさんの話は、いつも的を射ていて楽しかったからだ。何度会ってもやはり気持ち良かった。ナツミさんと何度かお会いしている内に、私の中で本の構想がごく自然に見えてきたのである。「坊津礼賛」の第二章「青野家の人々」は、本の中心となる骨格である。

　昔は兄弟の多いのは当たり前だったようであるが、ナツミさんは９人兄弟で上から７番目の四女であった。その上のチヅ子さんがこの家の持ち主だった方で、リフォームをして住み始めて２年程で亡くなってしまったそうだ。

　その上が中坊という所にある郵便局前の長浜商店に嫁いだ次女のカズエさん、90歳に近かったが、肌が美しく整った顔だちで老人に見受けがちな汚さはな

かった。私はカズエさんに会う度に、「きれいなお顔」と言わずにはいられなくなり、どんなクリームを使っているのだろうとつい尋ねてしまうのだった。「カズエさんて美人だよね」とナツミさんにいうと「若い時は新珠三千代みたいやった」と言ったので、作家の安岡章太郎はきっとカズエさんを見たのに違いないと思った。カズエさんはいつもゆったりと落ち着いた感じで、自分で作ったもの等、「肉みそ持っていかんね」とか「コンブのたいたの持っていかんね」とか声をかけてくれるのであるが、その抑揚が私にはとても心地良い魅力あるもののように思えた。そして町には確かに物腰の美しいような人が何人かいるのだった。川口トメさん、ナツミさんのおっ母さんも色白で美人やったと言っていた。ナツミさんも長浜商店のカズエさんも心地良い人だったので、私は長女のマツさんにも是非会ってみたいと思った。

　マツさんは、ここから坂道を約10分程上った坊泊小学校の前に住んでいるらしかった。ナツミさんが夏

の初めにやって来た時、「どうしてマツさんは来ないの？」と聞くと、マツさんは少し呆けていて迷惑になるから行ってはいけないと妹のミチヨさんに止められているようであった。ナツミさんはその日、マツさんの家に寄って来たようで、マツさんの作ったキュウリやトマト、ナスを沢山おみやげに持ってきていた。それらは大変立派なものだったのできっとマツさんはちゃんとお話が出来る方と思い、私はマツさんを電話で呼び出してもらった。「西の山へ来んね」とナツミさんが言うと、電話からもれてくる声は元気そうではきはきしていた。

　すぐに来るそうだったので、何分かしてナツミさんと二人して少し迎えに行こうかと立ち上がったら、もう玄関のドアが開いてマツさんがニコニコ顔で入ってきた。背筋はピンとして畑仕事をしているせいで浅黒くはあったが、細面の顔だちはとても美しくいきいきしていた。

　多分安岡章太郎は、マツさんも見たのだろうと思っ

た。小学校からここまでは随分と急な坂道だが、マツさんは転げて来たのかと思う程早く我が家へやって来た。マツさんは今89歳だそうだが、後から聞いたところによると海岸沿いにある市立病院までも歩いて行くそうで、病院からは送迎バスで来るようにと言われているらしい。その話を聞いて私は、おぼろに父のことを思い出した。父も歩いて20〜30分程の病院へ90歳を超えても歩いて行っていた。最後まで背筋がピンとして立派な人であった。

　マツさんとナツミさんを前にして、私は次々に投げかけるように質問をしていった。ちょっとした尋問、取り調べのように根掘り葉掘りするのだった。マツさんとナツミさんは、テンポよく私の質問に答えて笑うところは的を射て大声で笑うのであった。思うにマツさんは、ちょっと耳が遠いので呆けていると思われている節があると思ったが、不思議とナツミさんの少し低いような声はよく聞きとれるらしかった。そして本

ふりがな お名前		明治　大正 昭和　平成　　年生　　歳	
ふりがな ご住所	□□□-□□□□	性別 男・女	
お電話 番　号	（書籍ご注文の際に必要です）	ご職業	
E-mail			
ご購読雑誌（複数可）		ご購読新聞	新聞

最近読んでおもしろかった本や今後、とりあげてほしいテーマをお教えください。

ご自分の研究成果や経験、お考え等を出版してみたいというお気持ちはありますか。

ある　　　　ない　　　内容・テーマ（　　　　　　　　　　　　　　　　　）

現在完成した作品をお持ちですか。

ある　　　　ない　　　ジャンル・原稿量（　　　　　　　　　　　　　　　）

書　名								
お買上 書店	都道 府県	市区 郡	書店名 ご購入日		年		月	書店 日

本書をどこでお知りになりましたか？
　1.書店店頭　2.知人にすすめられて　3.インターネット(サイト名　　　　　)
　4.DMハガキ　5.広告、記事を見て(新聞、雑誌名　　　　　　　　　　　)

上の質問に関連して、ご購入の決め手となったのは？
　1.タイトル　2.著者　3.内容　4.カバーデザイン　5.帯
　その他ご自由にお書きください。
　(　　　　　　　　　　　　　　　　　　　　　　　　　　　　　　　　)

本書についてのご意見、ご感想をお聞かせください。
①内容について

②カバー、タイトル、帯について

 弊社Webサイトからもご意見、ご感想をお寄せいただけます。

ご協力ありがとうございました。
※お寄せいただいたご意見、ご感想は新聞広告等で匿名にて使わせていただくことがあります。
※お客様の個人情報は、小社からの連絡のみに使用します。社外に提供することは一切ありません。

■書籍のご注文は、お近くの書店または、ブックサービス(☎0120-29-9625)、
　セブンネットショッピング(http://7net.omni7.jp/)にお申し込み下さい。

当のところマツさんの頭は呆けてなどいないと私は思う。

　2～3週間程してマツさんに、折田商店の前で出会った時「あんたは誰ね」と言ってきた。ウーン！深く帽子をかぶったマツさんが満面の笑みで話をしてくる様子は、日本昔話に出てくる可愛いおばあのようであった。

　青野家のおじいさん、さんのすけさんという人は、石屋さんで小泊（隣町）の人らしかったが縁あってこの地に来たらしい。その前にここに誰が住んでいたのか、又ここにある上人墓が誰のものであるのかはナツミさん達は知らなかった。「ずーっと昔からあった」と二人は口をそろえて言うのであった。上人墓や石について調べてみようと行った郷土資料館（輝津館）には、石を中国から運んできたという記述があったが、それはそこに陳列されている石塔のことでありそれ自体とても珍しい石なのだそうだ。観光センターのイベントの折に大木公彦先生（鹿児島大学名誉教授）とい

う方にその石についての説明を受けていたのだが、説明がなければ私には一生分からないことである。

　坊津は元々、石切りが盛んな土地柄だったようで、石工の数も他の地域より数段多かったと記憶している。又先生は「この辺りは石の文化圏です」とも言っていた。現在も坊津の港辺りや普通に町並みの中に点在している立派な石だたみや石垣等には、特に赤い色をした石材が多く、それらは、この近くの赤水という石切り場で切られたものだということである。

　美大の友人に聞いたところによると「石には目があるよ」ということであった。美しい形に整えられた石が、石だたみや石垣となって連なっている様子はとても美しいものである。「どんな大きな石も目に杭を打って割ることが出来るのだ」と教えてくれた。

　さんのすけさんの息子、すなわちナツミさん達のお父さんは、まんのすけさんといい鰹漁師だったらしい。お父さんは漁で忙しく、おっかん（お母さんのことはおっかん、お父さんのことは敬意を込めてお父さんと

呼んだらしい）は畑仕事で忙しく、「私らは、おばあさんに育てられた」とナツミさんは言っていた。ここから1時間程歩いた枕崎付近に7反程の畑があって、おっかんは一人で、さつまいも、大豆、あわ、らっきょ、麦等を作っていたのだそうだ。ナツミさんもマツさんも学校が終ったら畑まで歩いていって手伝いをしたらしい。

　ナツミさんの幼い頃には、マツさんがおんぶをして小学校に行ったらしく、その頃のナツミさんはとても可愛らしく学校の人気者だったとマツさんは言っていた。確かにナツミさんは、今も可愛らしい片鱗のある方である。

　ナツミさんは、小学校5、6年の頃、今の坊トンネルの上の方の道を作る為に、大人達にまじって土を運ぶ手伝いをしたことを覚えていた。今は何気に通っている道も、こんな風に人々の過酷な労働のお陰があってのことだと頭が下がる思いがするのであった。

　マツさんも又、まだ終戦前のこと浜から砂を天秤棒

47

で担いで山の上へ運んだことを覚えていた。昔、上中坊という所の山の上におっかん達だけで作ったばんや牧場というのがあって、そこら辺りに兵隊さん達がきていて道を作っていたのだそうだ。マツさんは夏休みの間中浜の砂を運んだと言っていた。又亡くなった兵隊さんの遺族の方の家に浜の深浦という井戸から水を運んであげて、遺族年金の中から少しお小遣いをもらったのがとても嬉しかったそうだ。

　坂道の急なことを思って（この辺りは、港から急にせり上がった町並みばかりである）、「随分と辛かったろうね」と言うと、マツさんはニコニコ顔で、「おっかんを・か・せ・い・せなといつも思った。そればっかり」と言った。マツさんという人が本当に真っすぐに人の道を歩んできたのだと私は思った。

　マツさん達が、生活の為に水を汲みにいったり谷川で洗濯をしたり、風呂の焚きものに松葉をとりにいったり、畑まで小まんか道を歩いていった道とは一体どんな道だったのだろう。

畑の収穫物を運ぶ時は荷馬車を使ったそうだが、洗濯物や薪を運ぶ時には、マツさんもナツミさんも、かんめぼうという輪に編んだ藁を頭に載せて何でも荷を載せて運んだと言っていた。昔、灯台があったという役場前の小高い山へ吟遊に行った時、落ち葉や小枝が随分と散乱していたが、ひと昔前薪を使っていた頃には皆で取り合いのようになっていたのだと言っていた。

　戦時中、マツさん達は、坊泊小学校の校庭でから芋を育てたり、竹やりで戦う練習等もしたのだそうだ。又ナツミさん達は、時間のある時には川に行って鉄くずを拾って地金屋に売りにゆき自分達のお小遣いにしたという。

　マツさんは小学生の低学年の頃、天皇陛下の御言葉を聞いたそうだが余り覚えていないらしく、近所の小父さんが坂をかけ上ってきて「戦争が終わった」と教えてくれたのだと言っていた。

　これらひとつひとつの生活の話を聞き、90歳近くになったマツさんのかくしゃくとした様子を見ている

と、若い頃からこの地に鍛えられたここの人達の肉体も精神も筋金入りだと思えるのだった。そして私は、特に筋金入りの人が好きである。人生を本気で歩いている人、自分の時間を本気で生きている人は面白い。時間つぶしの為に時間を使っている人には何も積み上がってくるものはない。

　青野家では、丁度今ガレージになっている辺りに、鶏も馬も豚も飼っていたそうだ。馬は急な坂道を荷馬車を引いて登り下りをしていたらしく、ほとんどの家で馬を飼っていたらしい。ナツミさん達も学校から帰ると馬のエサの草を刈ったのだそうだ、子供達は、荷馬車の後ろにぽんと飛び乗って一緒に運ばれたりしたのだという、なんとも長閑な風景が鮮やかに浮かんでくるのであった。

　9人兄弟だったナツミさんの家では、台風になると皆んなで雨戸を押さえていたらしい。そして、おっかんが「ホーホー」と叫んだという。「何んで？」と問うと「台風を吹き飛ばす為」と言ったので…3人で大

笑いしたのだった。

　確かにここは、一昔前までは大きな台風の通り道であり、特に船の仕事では、海の技術や気象予報の技術が発達していなかった為、いつも死と隣り合わせであったようである。

　ナツミさんが子供の頃、特に嬉しかったことは、とんぼ釣りに行ったお父さんが帰りにいろいろなおみやげを子供達の為に買ってきてくれることだったという。

　とんぼ釣りとは、鰹漁の合間にするまぐろ漁のことらしい。夏のお盆前に帰ってくるものだったようだ。静岡から帰ってくるお父さんは子供達の洋服等も買ってきてくれて、男ながらに女の子の洋服を選んで買ってきてくれるのがとても嬉しかったそうだ。とんぼ釣りに出かける船を、家の前の道から日の丸を振って見送ったという。眼下はすぐに坊津の港である、そしてここは、海抜74メートルの高台である。

「釣ってきあいなー」と叫んで見送ると、船からも日の丸が振り返されて船は出てゆくのだった。後は何ヶ

月も家を守るのはおっかんと子供達だけである。8月に入って船が帰ってくると、きまって林きちじさん（よくこんなにはっきりと名前を覚えていたなと思う）が、町内アナウンスで「おかずとりなし」とか「おかずとりあり」とか言うのだったが、もちろん「おかずとりあり」のアナウンスの時は「やったあー」と大きな歓声があがるのだった。近所の人が旦那さんが帰ってくるたんびに子供が増えたと言っていたが……笑えまし！！

　鰹漁の大漁を祝う祭りの時は、船中を大漁旗でいっぱいにし女達は船の上で踊ったそうだ（坊津郷土誌より）。男達は大漁の時には、頭に赤い布を巻いたらしく今ではあかねかぶりという言葉が大漁祭りの代名詞となったようである。漁師達の喜びが爆発しているような華やかさがあり、美しく勇壮なものである。残念ながら今ではその祭り自体がなくなってしまい私自身も映像でしか見たことがない。

　その他にもこの辺りには、魅力的な祭りがあるよう

である。今はコロナ禍で中止されているがどれよりも坊津的な行事であると坊津郷土誌に紹介されているものである。それは５月の節句に子供達がガラガラ船を引き合う祭りであるが、ガラガラ船とは子供達に与えられた玩具のことであり、布で作った帆がたてられ船底には車がついていて引くとガラガラ音をたてたようである。郷土資料館で実際のガラガラ船を見たことがあるが、色とりどりに仕立てられた（帆に掛けられた網には水夫にみたてた布製の飾りものが沢山つけられている）ガラガラ船の可愛らしいこと、是非一度見てみたいと思う祭りのひとつである。

　坊津のガラガラ船は、平成29年3月に『坊津ガラガラ船・唐カラ船』として鹿児島県伝統工芸品に指定されたそうである。そして今も、『坊津ガラガラ船・唐カラ船』保存会の人々によってその技術は継承されているということである。

　その後、マツさんもナツミさんも成長し15、16歳の頃となり、金の卵と呼ばれて高度経済成長の波の中

へ、今は鹿児島駅となっている西鹿児島駅から旅立っていったのだった。

　涙、涙のお別れであったのかと思いきや、マツさんは、門司の小倉にある電機屋さんへ行くことになったそうだが、おっかんを助けられるという思いが強く仕事に行くのがとても嬉しかったのだと言っていた。

　マツさんは女中さんに、ナツミさんは紡績に、マツさんは、「紡績は胸を悪くするからいやだった」と言い、ナツミさんは「銭とりが良かったから（手で丸いお金の形を作って）」と言っていた。結局ナツミさんは紡績だったが事務の方へ回されて良かったと言っていた。私は女中さんの仕事は、人との接触もあり人間の勉強にもなるし料理も上手くなるし良い仕事だと思った。

　作家の谷崎潤一郎が、坊の隣町泊から来た女中さんの話を『台所太平記』という本の中でユーモラスに描いているが、谷崎が泊から来る女中さんをいもづる式に何人も雇ったことが、確かにこの辺りの人々の性格

の良さを指し示しているものと私には思えるのである。私が坊津で出会った女中さん達は、しいていえば女中さんのその後とでもいうものであろうか。女中さんという言葉が正しいかどうか私には解らないが、何の意図もないと確信して使用しているものである。確かに坊にも数人昔女中さんだったという人達が居て、その人達はマツさんも含め町で生活してきただろうに全くすれた感じがなく、実におおらかで真っすぐな性質そのままに年を重ねたという印象を受ける人達である。谷崎が描こうと思った気持ちが私にはとてもよく理解出来るのである。何故なら、この世で一番大事なこととは人間的なことだからである。それ程に、彼女達の性質というのは魅力に溢れていた。唐物崩れの後の僻地化等により人々はこの地に孤立した状態となり、人の良さを持続することが出来たのではないかと考えられる。しかし実のところ、そのような性質は、谷崎の本の中にだけ存在するものではない。坊津の至る所あそこにもここにも普通にいる人々そのもののことであ

る。

　旅好きのお陰でいろいろな地域の人々をこの体で実際に見て感じてきたけれど、確かにそれぞれの土地には独自の人情というものがあった。それぞれの土地柄が作り出したとしか思えないような、個性豊かな独自性が見受けられる。その中でも特に良き資質を具え持っているのが坊津であるかも知れない。これは特筆すべきことである。又町全体は、都会と呼ばれている町よりもずっと美しいということが言えると思う。町の人々は皆それぞれに顔みしりであり、道や自分の家周りを美しく保つという習慣が残っているようである。以前住んでいた上富田という町はタバコやコンビニ袋等のポイ捨てが常習的にあり、年何回かは袋を持ってゴミを拾いに行った程である。いわゆる新興住宅街というものであり、確かにモダンな家々が多かったが、隣人に興味を持たないというのがステータスのようであり、ポイ捨てゴミを見つける度に、何て醜い人々の住むところだろうかと内心ぎょっとするのであった。

今までの経験からいうと、都会と田舎の違いを考えるに人々の人間性という点からみても辺ぴな所程良い性質を持つ人々が多かった。いろいろな場所いろいろな人々、親切な人もいれば意地悪な人もいる、それはどこの土地も同じことである。本当にこの地球上には多種多様性がひしめき合っているものだ。人はそれぞれに一番自分に適した所に住めばよい。と私は思う。家とは、私にとっては仮に住む箱のようなものであって箱そのものに執着することはない。人間的という言葉を使う場合定義が必要かとも思うが、いわゆる正直とか、素直とか誠実とか親切とか思いやりとか、を指す言葉である、便利という社会が失ったものと、不便という社会が培って温存してきたものとの差異は自ずとあるものである。そして私は、田舎というものが持つリズムも人間性も大好きである。田舎の人達とはお金で解決しない実践的生き方を身につけている人達のことである。田舎とは私にとって魅力溢れる所ではあるが、全てを持ち合わせている場所等はどこにもない

ようである。多くの町を経験して思うに、人々の集まる所では少なからず小さないざこざが必ずあるものである。小さなことにこだわりあちらでもこちらでも衝突している人も中にはいるようだが、早く人と仲よくすることが幸せへの第一歩であると学んだ方が良さそうだ。許したり、聞き流したり、やさしい心を学んだり、又は迂回したりする能力を身につけることは大事なことである。意地を張っている所に幸せはいつまでたってもやってこない。

　マツさんは、器量もよく性格も良かったから、仕事先では随分可愛がられたろうなあと推測出来た。「マツさんは、美人だったろうね」というと、「じゃっど」といってカラカラと笑った。

　マツさんは、22歳の時大工の幸雄さんのお父さんに見染められ（昔は、親が結婚を決めることが多かった）、お嫁に行ったそうだ。幸雄さんのお父さんは「見る目があったなあ」と、私は秘かに思ったのだった。大工の幸雄さんは、最初は好きもきらいもなかっ

たけれどとても良い人だったと満面の笑みで答えてくれた。笑い…。

　お父さんのまんのすけさんが、年で船を降りてからしばらくして鰹漁は衰退していったようである。鰹漁は良い時は良いが、やはり自然相手の仕事なので銭とりは安定したものではなく厳しい時もあったという。鰹漁が下火になってくると坊津の人々の仕事は、船の技術を生かしたタンカーによる運搬事業へと変化していった。漁の衰退期に関わった人達はタンカーの仕事をするようになってから、ようやく生活が安定し子供達を育てることが出来たと言っていた。

　ナツミさんのお兄さんも最初は漁師だったけれど、お父さんの助言で早々に漁師から汽船に転職し、汽船は会社組織だった為年金もよく本当によかったと、ついこの間も話をしていたそうだ。

　ある日、折田商店（日々の物を買う店）から出てくると、マツさんが歩いて行く後ろ姿が見えた。呼んでみたが聞こえないらしい。マツさんの足は少しＯ脚

でこの間会った時は膝が痛いのだと言っていた。お医者さんから膝の手術を勧められたが「若い時から鍛えてあるから大丈夫」と断ったのだとナツミさんが言っていた。マツさんは上半身を大きく右へ左へ傾けながらゆっくりゆっくり坂道を登っていった。90年近くをたくましく生きてきた豊かな後ろ姿だ。私はマツさんが見えなくなるまでその背中を見ていた。

　ナツミさんは、私がこの家を買ったことをとても喜んでくれて、いい人に買ってもらって良かったと言ってくれた。そしてマツさんと3人で昔話に花を咲かせている時間についても、昔の話が出来て楽しかったと言ってくれた、そして私もとても楽しかった。

　マツさんは、今では道で会うと私が解るようになったようである。この間夕刻に犬の散歩をしていると折田商店に転げるようにやって来て、「酢がなかった、酢がなかった」と言っていた。息子さんの為に夕食を作っているのだと思った。幾つになっても自分に出来ることを一生懸命にするマツさんが、とてもいとおし

く思えた。マツさんの手をそっとにぎると「なんぎした手」といっていた。自分の見習うべき人がここに居た。マツさんは、酢を手にして大きく肩を揺らしながらニコニコと元来た道を帰っていった。

　宗教の言葉の中に施顔というのがある。人に笑顔を向けることは功徳（善行を積むこと）のひとつであるという考え方である。若い頃この言葉に出会って私にも出来ることがあったと嬉しくなったのである。人の世というものは、仲良きことや笑顔でいることがとても大事なことだと私は常々思っている。笑顔を見せることがまるで損のように、いつも苦虫を噛み潰したような顔をしている人も中にはいるが、誰でもニコニコとした邪気のない顔に出会った方が楽しいに違いない。これは、私が大事にしている哲学のひとつである。

坊津日々
<ruby>坊津<rt>にちにち</rt></ruby>

　今日も、青い青い東シナ海にスーッと一本つき出た
防波堤に、朝から太公望の姿が点々と並んでいる。い
つもの風景である。

　坊津港の風景は、やさしい風の中でゆっくりゆっく
りスローモーションのように動いていた、沖を通るタ
ンカーがひとつ見えた。ピンチを連れて家の前の坂道
をかけ下りると、左手の小山に風力発電用のタービン
が５基（本当は10基あるらしいが、ここからはいつ
も５基見えるのだった）静かに回っているのが見える。

　坊津の歴史書をいくつも読み終えて、今ある生活と
は、永遠に続くものではないということを改めて理解
した訳であるが……。

　写真で見る郷土誌の中の坊津は、古いセピア色に染
まっていたけれど、坊泊小学校の上の小高い山々が
段々畑として活用されていたことや、上人墓地辺りや
港辺りの松林の趣ある<ruby>佇<rt>たたず</rt></ruby>まいも、又道ゆく人達の頭に

荷を持って歩く姿等も、私には光り輝くもののように見えるのだった。ゆったりとどこまでも長閑な美しい風景がまざまざと思い浮かぶが、京都出身、熊本県在住の作家、渡辺京二の書いた『逝きし世の面影』という本をつい思い出す。諸外国から訪問した人々が日本について書き残したものをまとめあげたすばらしく美しい筆致で描写された文章であり、何度も読みたくなるような本である。もうひとつこれは余談ではあるが、こちらに来てから出会った本である。熊本の作家、石牟礼道子の『苦海浄土』も久々に魅力のある本であった。不知火海の水俣病を取り上げた問題作であるが、人はこのようにして国家権力に打ちのめされてゆくのだという驚愕が体の中を走り抜ける。立ちはだかる社会的機構の前に全く歯が立たず、ふみつけられ息絶えだえになってゆく一般のごく普通に暮らしていた人達の、壮絶な文字通り命がけの戦いが記録的に書かれたものであり魂が揺さぶられるような本である。恐るべし石牟礼‼　である。

段々畑も松林（昭和50年頃に松食い虫の大量発生により、ほとんど全国的に松の木が枯れてしまった）も無くなってしまい、今では役場前の和楽園跡に少し松が残されているばかりとなり、代わりにヤシの木が何本か植林されている。ヤシの木とは不思議な木であると思う。立っているだけで、南国とか休日とかを連想させる重宝な木というものである。

　廃仏毀釈の時に打ち捨てられた仁王像2体は、今では里の人の手によって拾い集められ坊泊小学校の門の所へ鎮座ましましているが、何故か『幻花』に出てくる仁王像は、海から引き上げられ校庭に並んでいることになっていた。春一乗院跡、上人墓地への階段を上っていくと（ここは私の散歩道のひとつである）、右手に『幻花』にも出てくるダチュラ（朝鮮あさがお）がやたらと咲いていた。福岡県出身の作家、梅崎春生もこの道を歩いたのだと思った。『幻花』の主人公が、女に向かって「いいだろう」と安っぽく言うくだりと、ダチュラの毒性がまさに打ってつけの背景と

なった。

　自分の敷地内にある四角墓も（四角墓とは高さ60
センチ、縦横それぞれ1メートル20センチ、石の厚
みは12センチ程の蓋付きの石棺のことである）、私自
身このような墓を見るのは初めてであるが、一乗院独
自の発展の形状らしく日本国内においても大変めずら
しいもののようである。

　私の家から歩いて5分程の所にある一乗院跡の上人
墓地には19基の石棺があり、私の家にある石棺は、
資料館に聞いたところによると31代住職快雄という
僧侶の墓であるということであった。上人墓とは、一
乗院中興の祖である成円より明治維新に至るまでの5
百余年の間にわたる歴代の住職の墓所であり、県の史
跡指定を受けているものである。

　一般の民家にこのような石棺があることもとても珍
しいことと思うが、ナツミさん達はずっと子供の頃か
ら四角墓を洗ったり、苔をとったり、花を飾ったりし
ていたそうで、代々大事にしなさいと教えられてきた

そうだ。ナツミさん達は子供の頃、男の兄弟達と一緒に宝物があるかも知れないと墓を開けようとしてとても怒られたと言っていた。ナツミさんが帰る時、墓の様子を見せてあげると「うわあー」と言って絶句していた。ははは…。

　今まで墓の様子を見る余裕もなく今日まできてしまい。「ギャー」墓の周りは草だらけであった。ナツミさんが帰った翌日私は墓の周りの草刈りをした。確かに私には余り関係のないもののように思えたが、これからはもう少し気にかけようかと反省もし、これも何かの縁なのかも知れないと思いつつ早く役場がこの土地を買いに来ないかと思ったりもしたのだった。

　今は、コロナ禍でもあり年中行事の祭り等も全てなくなり、なにやら町中が閑散としているようにも思えるのだが、そんな中今年は、2022年8月13日、花火大会・岬祭りが開催されることとなった。家の前、眼下に見える坊津港から花火が打ちあがると聞いていたので楽しみにしていたのである。前にいた古座川町で

も串本の港へ友人と花火を見に行った夜のことは、楽しい思い出のひとつであった。私は花火が大好きである。大音響と共にパッと咲きパッと散る花火を見るたびに、全てがチャラになってゆく気がするのである。田舎の花火というものは、やはり数的に少し寂しい気がするものであるが、それでも漆黒の夜空に打ち上がった花火の美しさに変わりはない。自分の庭に打ち上がったように見える程近くで見た花火は、やはりそれなりに美しかった。

　下火になったかと思えば、またまた再燃を繰り返してきたコロナは、確かにこの夏の終わりにピークを迎えるだろうが、コロナの性質も少しずつ変化をしてきたので、これから先は自己防衛能力にまかせる対応で乗り切るしかないのかも知れない。しかし、コロナはインフルエンザとは全く別物であるということを忘れてはいけない。重い後遺症が残った話をよく聞くのである。

　マスクのお陰で顔半分がいつも見えない状態の生活

は、今でも慣れたとはいい難い。一体私は今どんな人と話をしているのだろうといつも秘かに思うのである。顔全体に人の表情というものは表れるものである。目は口程に物を言うようにいわれがちであるが…。多分コロナの間人々は相手の半分しか感じていないのではないかと思うのである。中学生や高校生という多感な時期にマスクをし続けていた子供達のことを、私はとても可哀想に思うのである。私自身もここでの生活が一年以上になるが、いつもマスクをしている人は、出会うと挨拶はするのだが、未だにあれは誰だろうと思うことしばしばである。若者の一部の人達は、マスクに慣れてしまったのでマスクを外すのが恥ずかしいという人もいて、人とはいろいろなことに慣れていくものだと感心したりギョッとしたりするのであった。

　最近は、ニュースでも余り良いことは聞かないように思う。気を吐いているのは、野球の大谷翔平選手と将棋の藤井聡太さん位のものではないだろうか。2023年の春WBCで日本は14年ぶりに優勝し、とても楽し

い時間を過ごさせてもらったことは記憶に新しいところである。自分の人生とは何の関わりもないのだけれど、私は大谷選手と同年代を生きていることをとても嬉しく感じるのである。人の本気を見ることは私にとってとても有意義なことである。

　夏祭りの夜にテレビで放送されていたのは、コロナ関連とウクライナ情勢である。現代を生きている人間である以上、ウクライナの惨劇を素通りしてゆくことは出来ない。これは、私の知る限りにおいて最も醜悪な犯罪である。武力行使が正当なものであるならば、ロシアも中国も北朝鮮も、日本を支配下に置くことを躊躇することはないだろう。位置的に言えば、どの国も日本を、戦闘基地最前線として又は貿易の拠点として、又は漁業の拠点として持ちたいような場所である。戦争が長期化しもしウクライナが降伏したとしたら、ウクライナの惨状は日本の近い未来となるのかも知れない。武力行使が許される社会とは、考えただけでも末恐ろしい気がするのである。

私達の記憶からは無くなりつつある戦争という言葉
も、日本の歴史を少し紐解けば、1879年、国内戦で
はあるが、西南戦争、1894年には日清戦争、続いて
日露戦争、第1、第2次世界大戦（太平洋戦争）とた
て続けに戦禍をくぐり抜けてきた日本の姿が見えてく
る。勝利者となった時には、日本人もそれなりに残酷
なこともあったと思う。戦争とは勝っても負けても人
が人でなくなるということではないだろうか？

　広島と長崎に原爆が投下されて、その悲惨さ故に誰
もがもう戦争は起こさない二度と起きないと、勝手に
思い込んでいたのは日本人だけであったかも知れない。
中国も北朝鮮もロシアも、そしてアメリカも核兵器の
製造に余念がなかった。そして今、太平洋戦争が終
わって77年が経過し、ロシアに北方領土を占領され、
沖縄でアメリカの航空機オスプレイの破片が民家近く
に落下して、日本の自衛隊がその残骸の撤収にかり出
される。又今話題になっている化学汚染物質PFASも
アメリカ軍基地周辺に強く認められるようである。ア

メリカが日本の国土の汚染について関心を持っている
とは1ミリも思えないが、日本政府は、何が起こって
も「いかんに思う」のいってんばりである。これは日
本政府の愚かさであるのだろうか、それとも平和主義
そのものの表明であるのだろうか。今現在、世界で頭
角を現わしてきたインドでは、自己防衛は自国の力で
という政策がとられているようである。ガンジーに
よって独立を勝ちとるまでの長い間他国支配があり、
自助（他を頼らない）という考え方が深く根づいてい
るのである。ある意味正しい考え方であると私は思う。

　平和主義とは、そもそも何ぞやということである。
もし日本に侵攻が始まったら日本はどうするだろう。
やられたらやり返すそれは平和主義というものである
だろうか、ウクライナ侵攻について深く考えを進めて
いくと大きな壁にぶつかる。自分の身を守る為に相手
を殺すこと、戦争という名の下に人が鬼にも鬼畜にも
なるという現実である。

　もし実際に戦争が起こったら、私は平和主義の為

（主義の為に人は命をかけることが出来ると私は思う）に、潔く火の中に己の身を捧げたいと思う。只「平和こそ信じるに足るもの」というプラカードを自分の前に立てよう、メッセージを残すことは忘れずにである。

　余りにも、恐ろしいことばかりが起こってくる世の中のように感じることが多いのだが、歴史とは、自ずと右にも左にも傾くものらしい。自然災害によって、又人為的なことによって等その原因はいろいろであるが、例えば、聖武天皇が日本の悪政を正す為唐へ使者を送り、鑑真和上が日本へやってくることになり、宗教的、精神的、又医学や文化等巾広い分野において日本に大きな貢献があったこと、原耕という人が、自身は医者であったが家業を継ぐべく船の経営に乗り出し、会社を設立したり、自身でも船を作り南方漁業の開発に尽力し、遠洋漁業が飛躍的に進歩したこと、又島津重豪や斉彬等の先駆的な背景もあるが、西郷隆盛等の台頭により大政奉還が実現したこと等…。

それぞれの人の思惑によって、世界は右へも左へも舵をきっているようにも見えるが、プーチンも又歴史を変える一人であるのだろう。何年後かの教科書で「プーチンの思惑とその後」というようなことを歴史の中で学ぶことになるのだろうか。その時、日本はどのように記載されているのだろう。

　もし戦争が始まったら、日本は平和を唱えて火に身を投ずるしか方法はないだろうか、それとも敵を殺そうと立ち向かっていくのだろうか。日本の戦闘能力とはいか程のものなのだろう。日本の宇宙開発は随分と後れをとってしまった感があり、日本を常に守っているというイージス艦8隻についても、本当に日本を守れるのかしらと不安に思うのである。早く戦争が終わるようにと願わずにはいられない。

　ウクライナ情勢もコロナも、今現実に起こっている惨状ではあるが、私達の日々の生活はそれなりに坦々と続いている。私自身について言えば、確かに全力で移住を決断し、思いもよらず余りに心地良い生活が

待っていたことに感謝をせずにはいられない。思うに
そのひとつの要因は、意外にも、この地域の老人の為
の活動であるころばん体操というものに参加したこと
によるのではないかと思うのである。医療の貧困を助
成する為のひとつの方法であると思うのだが、60歳
以上の人が誰でも参加出来、週一回ではあるが皆が一
堂に集まって軽い運動をするのである。只の一人も知
り合いのなかった自分であったが、ここに来て1年
経った今では、道で挨拶をして下さる方も増え家を訪
ねて下さる方もいて、お魚や野菜を頂くこともあり、
自分が孤立しているという感覚はなく、毎日が随分と
楽しく過ぎてゆくのである。ころばん体操に来られて
いる方達は、私よりも年上の方が多くそれなりに人生
の経験もされているので、やさしい方が多いというこ
とが言える。多分私はそれに救われているのだと思う。
今までの自分なら「老人の集まりなんて」と自分とは
全く関係ないもののように思うのだけれど、何故こん
なに素直に老人の集まりに参加しているのだろうと不

思議に思えてくるのである。元々は、この地域にはどんな人達が暮らしているのだろうと軽い気持ちで入会を希望したのであったが、私自身も多分年を重ね、随分と丸くなったのかも知れない。人とは若い内はとんがって老いてからは丸い方が良い。丸くても自分が自分でいられる自信が出来たということである。そして確かに、「ころばん体操」を始めてから嚥下能力が高くなったのである。以前には、食事の折によく咽せていたのであるが、これはすごいことではないだろうか、運動の効果を確かに実感しているので続いているのだと思う。年が重なる程に各部位の運動の必要性は増してくるものである。自分では気づけなかった運動の方法等も教えて頂き、なかなかいけているシステムであり有難い限りである。

　令和4年の3月、私は、ここ坊津に来てから驚異的なスピードで畑の畝を作り、サラダ菜や春菊やネギ、ニラ等を作った。それらは又、圧倒的な早さで育ち全く野菜を作るのってこんなに簡単なの？　とつい思う

程である。種を蒔きさえすればよいのである。今は夏の終わりであるがオクラが穫れて穫れて、以前ここに住んでいた方も無農薬で野菜を作っておられたようで、植えもしないのにゴーヤが出来て出来て、穫れ過ぎて困る程である。焼そばに入れてもシーチキンと和えても近所に配っても「限界がある―あきる―」である。

　近隣の人達が、いつでも無農薬の野菜が豊かに食べられることは楽しいことだと思い、いつでも多めに植えつけるようにしている。ちなみに、赤シソや青シソ、つる菜等も勝手に、種がこぼれて芽を出し旺盛に成長するもの達である。命とは本当にすごいものである。野菜の命も旺盛であるが、草の命も又旺盛である。地元の人は何も言ってこないが内心私の畑の草にびっくりしているのではないだろうか？。草と共生をして良いものが出来るという考え方である。それなりに自分の食べるものが穫れる程度に草を刈る。草を利用し強い性質の野菜になる。農薬も栄養も不要である。草が虫の活動を抑制し、草の腐植物が栄養となり、徐々に

豊かな畑へと成長するのである。又草が生えてきて（自分から栄養がやってきた）嬉しいと思っているのは、私だけのようである。そして、自然農法にとって最も大事なのは、草木灰である。

　隣近所が仲良きこと、それが幸せになる為の一番近道のように私には思える。とてもシンプルなことだけれど、これが70年間生きてきた私の経験値なのである。「身近なものをこそ愛せ」である。
　いつもの散歩コースをピンチと歩いていると、細い細い路地のその先に家の角に椅子を出してきて３〜４人で午後のお茶を楽しんでいる人達がいる。日曜ごとにグランドゴルフというものに夢中になっている人達がいる。皆それぞれに自分の道具を持ちさっそうとしている感じである。各々の家を訪問し合い昼食を伴にしたりと、ここの人達は人との交流を大切に楽しんでいるように見えた。
　そして働きものの人達が多いというのも事実である。

90歳近い人も多いがそれぞれに日々を甲斐甲斐しく働き続けているという印象である。見習うべきことと思う。特に石蕗の季節には、沢山の人が石蕗穫りに夢中になっていた、町の人達が集めた石蕗は、ひとつに集められ市場へ運ばれるようである。幾つになっても何がしかのお小遣いが手に入ることは、精神的にも健康的にもとても良いことであると思う。

　石蕗に限らず、春は穫れるものが沢山あるようだ。ヨモギ、タケノコ、海のもの、貝類等も、外に出たら宝物がいっぱいあるよと知り合いの人が言っていたが、確かにそうだ、一年分のものを穫り冷凍保存するのだそうだ。私は自分の畑にヨモギも石蕗も植えていて、穫れる時期だけ利用したいと思う。又季節が変わればそれにふさわしいものを食べればいい。

　和歌山にいた時には、人々はイタドリに夢中でちょっとしたとり合いみたいになっていた。「昨日確かにここにあったのになァー」と思うことしばしばであった。私は自分の敷地内にイタドリ用の採集場所があり、い

つも大家さんに穫ってあげるととても喜ぶのだった。少し湯どおしをしてさっと醤油と砂糖で味を調えるのである。なかなか美味しいものであるが所変わればである。ここではイタドリに振り向く人は誰もいない。

　坊津という所は、大変坂道の多い所である。歩く運動をするには打ってつけの場所かと思う。京都（54歳の時、和歌山へ移住するまで住んでいた）で毎日平坦な鴨川を散歩していた時に、坂の多い街にあこがれていたことをふと思い出した。

　京都の町でも一等地である左京区という所に住み、春や秋には桜や紅葉を見に観光客が他府県から押し寄せるそのような所であったが、人とはどこまでもないものばかりを望むものだ…とつくづく思う。

　旧青野家から一歩外へ出ると右へも左へも下へも上へもどちらに行っても景色はいろいろと変化し、四季折々の花々もそれぞれの家の庭や道沿いに咲きそろっている。それぞれの庭に花を植えることは、町の景観

にも繋がることでありとても良いことだと思える。ゴミの多い殺伐とした風景よりも、花いっぱいの美しい町に私は住みたいと思う。人の生活する上において花はとても大事なものである。又海ひとつ見るにしても高低さがあるから楽しいのではないだろうか。

　家を出て50メートル程下って行き左へ曲がるとすぐに国道が見える。昔は銀行も、食堂も魚屋さんもあって、今現在バス停辺りにあった砂浜で泳いで遊んだのだという。残念ながら今は波消しブロックに波が砕け散るばかりである。

　今ある国道226号線も行政改革で整備されるまではバス一台が通れる程の道幅だったらしい。今の郵便局辺りがいわゆる昔の銀座通りだったというが、いつもとても賑やかに人々の往来があったという。今では、ほとんど人の歩いているのを見かけることはない。

　坊津にある商店は、今では折田商店と長浜商店のみとなり、ここでミルクや豆腐や玉子等を買うのである。若い頃のような物欲もなくなり細々とした日々の買い

物が出来ることに満足している。安全な野菜等は自分の畑で穫れる物でまかない、週一度生協の車移動販売を利用すれば、特に不便を感じることもなく十分こと足りるという感じである。長浜商店は、青野家の次女カズエさんのお店で、中では時折世間話の花が咲いていた。折田商店は、時々アベマリアやその他のクラシック的なものもBGMとして流してくれて、私は店の前を通るのが楽しかった。

　遠い遠い記憶が、はるか彼方から甦ってきて何かとても新鮮な感覚になるのである。キース・ジャレットやキタロー、ヨーヨー・マのチェロやギドン・クレーメルのバイオリン、マルタ・アルゲリッチのピアノ等、レコード屋へ行くと聴きたいレコードを試聴させてくれるのである。一枚一枚好みのレコードを買うのに夢中になっていた頃のこと、それにしても、それらの音楽を聴いていた時間から何て遠くへ来たことだろう。Ｉ・ターンとして和歌山で自然農を始めてから、毎日を外で過ごすようになると、鳥の声や風の音、小川の

せせらぎ等その全てが心地良く、いつの頃からか音楽を聴くことを忘れている自分がいた。食べていくことに精一杯だったのかも知れないが…。

全ては余りに遠くへ過ぎ去ってしまった。全てが細々とした記憶の断片となりバラバラと手の隙間からこぼれ落ちていくのであるが、日々新しい発見や、アイデアで頭が一杯になり自分の考えだしたことや何かで又心は充足していくのであった。

現在車を持たない自分ではあったが、折田商店が大きなもの、例えば庭のレンガ等は車で運んでくれるので、今まで一度も不便を感じたことはない。又、市から、バスや温泉、マッサージのチケット等も配布されて、ほとんど無料で枕崎まで買物に行くことが出来るのである。

私も時々気分転換の為バスを利用することがある。

国道を右へ曲がり、海を左手に見ながら歩いていくと、すぐに俳句の会、馬酔木を主宰していた水原秋桜

子の句碑が見えてくる。「かつを船来染め坊津の春深し」という句である。今はもう見ることもない坊津の繁栄を垣間みるような句である。秋桜子には、私の大好きな句「冬菊のまとうは己が光のみ」という素晴らしい句があるが、秋桜子自身もこの句を大そう気に入っていたようで、晩年には「冬菊の句碑はいつ建つのかね」と周囲に尋ねていたようである。秋桜子の句碑を過ぎると坊津八景のひとつ双剣石が見えてくる。江戸時代の画家安藤広重も版画で双剣石を描いているが、趣きのある風景ではある。津口番所跡と書かれたカンバンと役場の間を通り抜け山道へと入っていくと、今はないが灯台跡へ通じる道がある。そこをたらたら100メートル程いくと右下に小さくて可愛い浜辺が見えてくる。夏場以外は閑散としているがプライベートビーチのようで私はその時の方が好きだ。時々ランチBOXを持って出掛ける。今日はお盆で里帰りした家族連れだろうか、何組かの歓声が聞こえ浮き輪で遊ぶ様子が見える。そのまま先へ今度は登っていくと、

うっそうと木々が生い茂り石蕗の群生地のようになる。あの個性的なムサシアブミという花も沢山咲いている。俳句の季語集にも載っているマムシ草にそっくりな不気味な花である。

　石蕗を穫る人に聞いた所によると日当たりの良い所に咲いている石蕗の方が剝きやすいのだそうだ。こちらに来て近隣の方に頂いた石蕗の佃煮は、いろいろなものが入っていて最高に美味しいものであった。地場産業に十分なり得るものであるとも思った。

　そのまま山道を登っていくと、時折眼下に見えてくる東シナ海はどこまでもキラキラと輝いていた。ここは私が選ぶ散歩コースのひとつである。地元の方らしいが、散歩の途中立ち話をしていると「どこに行っても感動しないのよ、ここが余りに美しいから」と言っていた。そう確かにここは美しいが、私はピンチが亡くなれば又旅に出ようと心のどこかで思っているのである。

　ピンチは拾った時から片目と片足がない犬だったけ

れど、私は出会ったその時から彼女が好きだった気が
する。楠という所でピンチと出会ってからもう14年
程にもなり、今ではすっかり彼女も高齢犬となってし
まった。最近では余り遠くまで歩けなくなり命の終焉
を予感させるのであるが、白内障によってほとんど見
えなくなってきた片目で私をじーっと見てくる時、
益々私は、彼女を好きになるのである。

　細くなった入り江の入り口に波が押し寄せるせいだ
ろうか、ここに聞える潮騒は、やさしいばかりではな
く芯がしっかりあるように力強かった。さつまは生え
る草まで強い…というらしい。確かに！

　次の散歩コースは、国道を左へ曲がる道である。す
ぐに坊トンネルが見えてくるのでそこをどんどん登っ
ていくと耳取峠である（町並みを抜けていく道もあ
る）、元日には町の人達が朝日を見にやってくるそう
だ。遠くに見える開聞岳のなんと美しいことだろう。

　海辺にそびえる開聞岳は、はるか海上から見ること
が出来たので、海の神や航海の神としても信仰されて

いたという。

　もうひとつの散歩コースは、国道を真っすぐにつっきって進みふた又を下に行けば、図書館と海亀がやってくる港の浅瀬と埠頭への道へ、又坊津港が鶴の港とも呼ばれる所以が解る丘の上へ（引き潮の時に見える）、そして美しい石垣の残る町家や石だたみ等、まだまだ見るべきものが沢山あると楽しい気持ちになるのであった。

　８月末日、目の前にあるのは透明感のあるピンクのクリクマだ。こちらに来てから初めて知った可憐な花である。朝５時前、ほの明るい坊津港の防波堤にもう太公望らしき人影が見える。

　開け放たれた西の窓からは、浜風がしなやかに流れ込んで潮騒がざわざわと唄っていた。「ピンチ散歩に行こう」と声をかけると、ピンチはムックリ起きあがり嬉しそうな顔をした。この間テレビで犬は約400の言葉を覚える能力があると言っていたが、どうりで、いつもピンチと会話が成りたっていると感じることも

あながち私ひとりの単なる思い込みだけではなさそうである。

　散歩の途中でみかけるのは、サルスベリ、クサギ、アコウ、ニンドウ、ランタナ等であり、私の一番好きな花ヘクソカズラも岸壁に近い葉山の上までかけ上って力強く咲いているのが見える。平凡でありながらキラキラしている、これが坊津の夏の日常である。

　海岸沿いの道へ出るまでに沢山の猫達に出会うのも、ここ坊津の特徴ではないだろうか。誰が飼っているというのでもなく、坊津の人達はゆったり猫達と共存しているように見えた。確かにねずみ等が増えなくて良い面もあると思えた。

　そして春は、すさまじい猫達の恋の季節である。どんな死闘を操り広げたのやらオス猫はズタズタのボロボロの血まみれで、２週間程見ないなと思うとケロリとして又現れるのである。ピンチと歩いていても猫達は寝そべったまま目だけでピンチを追いかけてきて、やはり人々と似てどこまでもおおらかである。

最近ピンチは、年のせいもあり眠っていることが増えたけれど、今まで一度も私を困らせたことがない本当に利口な犬である。散歩から帰ってクーラーのない我が家で、今日は扇風機をかけてあげたら、スヤスヤと書きものをする私の足元で眠ってしまった。

　もうひとつ坊津には、銘記しておくべき特徴がある。それは、同姓が多いということである。代表的なものは、青野家、鮫島家、折田家等であり、地元の人々は、名前を聞いただけで出身地が解るのだと言っていた。私の家の周りも皆同じような名前ばかりである。そして人々は、辿っていくと必ずやどこかで繋っているのだった。

　ここに来る前、そのことが少し恐かったのである。余りにも家族的、拘束的、そのようなものが支配しているような地域なのだろうかとも思い、一人の知り合いもなく何の関係もない自分等が、ポンといきなり入っていって果たして生きていけるのだろうかと、かすかに心の奥で自問自答するのであった。

同姓が多い理由としては、唐物崩れの後の僻地化や、戦争によって男子の数が減少し子供達を近くに置いておきたかったというようなことが推測されるようだ。

　ここの人達は同姓が多いということや、皆が小さい頃からのつき合いということもあり、年齢を重ねた人達もそれぞれに下の名で呼び合い、それはとても可愛い習慣でありほほ笑ましく思えた。確かに下の名で呼び合うことは、精神的満足度が上昇するという科学的根拠も実証されていることである。呼び方なんてどうでもいいと思う人もいるようだが、私はとても大事なことであると思っている。

　しかし、坊津に来た最初の日に私の心配は全く無くなったのである。会う人会う人皆あっけらかんとして邪気がなかった。

　お昼頃郵便局へ出かけると、あじろ浜へ行く船だろうか、いそいそと防波堤を出入りする船の姿が見える。夏の雲がぶくぶくと山の端から吹き上がってきた、「ここの夏は暑いよー」といわれていたので、

「エーッ！」と思っていたのだが、京都の暑さを経験してきているので冷房なしでも結構頑張れた。現在でも天気予報を注視していると関東や関西の方が坊津よりも暑い時の方が多いようである。ここは海風もあり割と心地良い所ではある。元青野家は窓が沢山あって南北を開け放していると風がよく通るようになっていた。

　お盆に入ってから近所の人達は、家族や親戚が訪ねて来たりお墓参りをしたりと何やら忙しそうにしていたが、一人者はそうでもない。好き放題ここいら辺りの猫並みの生活である。書きものをし畑をし花壇を作る。腹が減ったら食らい眠くなったら寝るのである。ピンチの散歩の為に朝が早いということもあり夜10時になるともう起きていることは困難である。

　寝る前に、ピンチのトイレの為に外へ出ると、頭の真上を天の川がさらさらと流れていて、向かいの家には、美しい飾り紙やいくつかの願い事が書かれた短冊がつけられた七夕の笹が風に揺れていた。

ここら辺りの空には、やたらととんびと鴉が多く朝から晩まで何やらバトルを繰り広げているのだった。時々国道226号線で車にはねられた動物の上にうずくまるとんびがいる。又時には、家の前の田舎風の弱々しい木の電柱に留まりに来て、異様に窓近くにとんびが見えるのである。ヒョロロローととんびは鳴いて、餌物を探しているのかするどい目で周囲を見回すのだった。

　ここに来てすぐの頃、「あっ、海鳥が鳴いている」と思ったら「なーんだ」コケコッコーとにぎにぎしいニワトリの声であった、下の民宿の方が飼っているらしい。時々庭に放されているニワトリは、種類は解らないが真っ黒で随分と立派な体つきであった。上の道からみていると猫が数匹しのび寄るのが見えるが大丈夫だろうか、人の庭の出来ごとではあるが妙に気にかかるものである。春には港の近くの大樹に巣を作って仲良く2羽で暮らしていた青さぎの夫婦はどこへ行ってしまったのだろう、この頃あまり見かけなくなって

しまった。

　8月19日、お盆が過ぎて初めての虫の声である。朝夕の風は早秋の趣であるが、昼間は蟬の声。夕刻に草の中で鳴いているのは、あれは秋の虫。コロナは今だ吹き荒れていて経済活動の後押しの為に役場から商品券が発行されて、キュッと引き締めてきた気分を少し緩めて、友人に焼き肉でも奢ろうかと太っ腹になる今日この頃である。

　―好機は幸運ではなく、勇気の成果である―　と書かれた夏のカレンダーが壁に揺れていた。

　ここに来てからすぐに、私は畑に種を蒔きその後とりかかったのは花壇を作ることであった。母屋のすぐ前にある約15坪程の土地である。レンガ160枚を使いランダムな道を作り、道のカーブに沿いながらポーチュラカやマツバボタン等、丈が低く宿根草であるものを中心に植え、少しそれよりも背丈の高い庭の中心になる花には、バラ咲きのジャスミンや花期の長いハ

イビスカス等を点在させた。日本蜜蜂達はポーチュラ
カが大好きなようだ。他の花には見向きもしないで
ポーチュラカ一筋である。

　古座川町で自然農で生計をたてていた時には、忙し
すぎて小さな花達にまで手が回らなかった、毎日毎日
一杯一杯で友人が可愛い花々を育てているのを見る度
に、私もいつかこんな可愛い花々を育てて暮らしたい
と願っていたが、今や年金暮らしとなりそれが現実と
なり、夏野を思わせるような可憐な小花達が自分の庭
でそよいでいるのを見ると、とても幸せな気持ちにな
るのだった。書きものをしていてふと目をあげると、
いつも花々が咲いていてシジミ蝶や揚羽蝶やとんぼ等、
いろいろな虫達がたえまなく入れ替わり立ち替わりす
る様を見るのは本当に楽しいものである。少ない年金
暮らしではあるが車がないのでボチボチやっていける
のである。真に求めるものこそ現実となる、これはひ
とつの真理に違いない。

　余談ではあるが、最近年金を払わない若者が増えて

いるそうだが、私はこんなに率の良い貯蓄は他にないと思う（今頃になって気づいた）。自分の人生でひとつ後悔があるとすれば、若い頃少し年金を支払わなかった期間があったということだろうか（絵描きを目指していた頃は、絵具やキャンバス等に全てのお金を使い果たしていた）…。

　ランタナという可愛い花がある。昔幼かった頃この花に似たブローチを持っていて私はこの花が大好きなのであるが、この辺りでは、雑草のようにどこにでも咲くので人々はこの花を余り好きではないようである。私が自分の花壇にランタナを３本植えていたら「早く抜かないと大変なことになるよ」と言ってくるのである。ここのランタナはほとんど四季咲きのようになっていて、１月から３月までは休眠するのだが約８ヶ月位は咲きつづけ、ゼラニウムと共に非常に花期の長い花である。それだけでなく、ここでは何もかもの花期が長く、ポーチュラカもマツバボタンもそれぞれに飽きる程咲き続けるのであった。

坊津での初めての秋を経験して思うに、南さつまの秋は夏であると私は思う。やはり今までの所とは季節感は全く違う。気候が良くてよいことばかりのようにも思うがひとつ残念なことがある。秋の紅葉がないことである。あの芯から冷えるような京都の寒空を、真っ赤に染め抜いて凛とした姿の紅葉は大変美しいものであった。紅葉の風景だけはいつも京都の記憶の中でのみ出会うものである。秋になるとお弁当を持ちわざわざ足を運んで嵐山や東福寺等へ行ったことを懐かしく思い出す。ちなみに春には、家から歩いて10分程の所にあった京都府立植物園という所へ家族で桜を見に行くのが我が家の恒例行事であり、遠い遠い記憶であるはずのものであるがつい作日のことのように生き生きと瑞々しく思い出すようなものである。

　振り返ってみると、この秋は大きな出来事が目白押しであった。2022年2月4日に始まったウクライナ侵攻は、益々激しさを増して未だに解決の糸口さえ見えない感じである。どれだけの人命が亡くなれば戦い

は終わるのだろう、余りにも理不尽なことである。

　９月５日には、今まで誰も経験したことのない程大きな台風が、枕崎を目がけてやって来るというので一体どうなることやらと「屋根が飛んだら」とか「山から土砂が流れてきたら」とかを一応シミュレーションして、ローソクとライターを側に置き家中に身をひそめていたが、未曾有といわれた台風は、途中で進路を変更し錦江湾をつっきって鹿児島へと抜けていった。やれやれである。台風の目の右側にあたる日南辺りには大きな被害があったようである。

　９月15日、坊津町では夏の花火大会につづき、秋の豊饒や子供達の健康を願うほぜどん祭りが規模を縮小して行なわれた。若い娘達による横笛の行列が坊津港につき出た八坂神社までの細い道のりを静かに下っていく様子は、何やら初々しく清々しいものであった。田舎の祭りらしく身近な人達で成り立った小さな神輿等の行列は、何やらほほ笑ましくもあった。祭りの最後には餅投げがありその餅を拾うと縁起がいいという

ので、私も拾いに行って２個の餅を手に入れたのであるが、私はもともと無神論者であり形ある神々というものを信じないし、寺でも神社でもお参りをしたりお札を買ったりしたことはない。おつき合いでおみくじを買ったりするが只の楽しみごとである。今回は坊津の歴史を知る為にあらゆるものを見聞きしたいという思いであった。

　南さつまの祭りを見て、京都にいた頃の祭りを懐かしく思い出した。芸術品級の西陣織のタペストリーをまとっただしが京の町中を雅びやかにねり歩き、大きな商屋はその日ばかりは門戸を開き、家の応接間等にその家の家宝を飾り一般客を迎え入れるのである。父に連れられて幼い頃商屋さんを一軒一軒訪ねて回った記憶は今も忘れられない。夕刻が迫ってきた繁華街のいつもは入ることも許されないような立派な商屋さんの家々に、これ又とてつもない宝物が飾られていて、例えばそれらは飾り箪笥や衝立や着物等、ひとつひとつが国宝級のもの達であったが、子供心にも何て美し

いものだろうと心が浮き浮きしたのだった。祭りの夜は京都の四条辺りが町ごと博物館のようになり、きらびやかで本物の芸術がキラキラと輝くのであった。一番のクライマックスは、コンコンチキチンとお囃子とだしからのちまき撒きである。しかし今では、その商屋さんめぐりのシステムもなくなり、祭りそのものも観光色一色となってしまった。南さつまの祭りには確かに京都の文化が少しだけ受け継がれているようにも見受けられた。

2022年7月8日、日本では、安倍晋三元首相が暴漢に狙撃され、その国葬について国会が揺れていたが、一般市民の隅々まで、自分の意見を自由に言える民主主義は非常に大事なことである、自由であること以上の幸せは他にないと私は思う。

10月末には、アメリカの偵察機MQ9が南九州の鹿屋に配置され、いよいよ日本は、ロシア・中国との対立を深めた格好となったが、今の軍事力では自国を守ることは出来ないと私は思う。国連の機能が発揮され

ないまま、軍事力にまかせた大きな潮流が有無を言わさずにあらゆるものの方向性を決め始めている。上げた鉾先を下げる方法を見失ってしまったかのように見受けられるロシアは、中国の介入を受け入れたがっているのではないかと私は秘かに思っているが、もし中国がその仲介役を上手に果たしたなら中国とロシアは益々強固に結びつき、ウクライナとの戦争は回避出来たとしても、又新たな強国との脅威に私達はさらされることになるだろう。しかし、中国の本心とはどんなところにあるのだろう。ロシアにとって頼る国が中国だけというロシアの孤立は中国にとっては望むところであるのかも知れない。さらに一方では、北朝鮮の動行が不気味さを増し続けている。

2022年9月8日、イギリスのエリザベス2世が亡くなって立派な国葬がとり行なわれたが、後には、何やら不穏な空気が漂っているように私には思えた。

もっと身近な私ごとに話を戻せば、10月3日、日曜日に、坊津観光センター主催の町歩きに参加し、一

乗院跡や坊津の地質等について説明を受けた。市民の
集^{つどい}であるころばん体操に行く道すがら、いつも見て
いる坊泊小学校の仁王像の石についても教えて頂き、
今年が仁王像生誕500年と聞くと何やら有難みさえ感
じ、いつもより凛々しく見えてくるのは不思議である。
彼らは一体どのような景色をみてきたのだろう。

　又、日本の鉄道の歴史も150年を迎えた。初めての
路線は、1872年9月東京新橋から横浜間の路線で
あったが、この第一号の列車には、天皇はもちろんの
こと、明治維新の立役者として私達にも馴染み深い人
達、例えば西郷隆盛や大隈重信や板垣退助等、そうそ
うたる顔ぶれの名が記帳されていたという。もともと
西郷は、鉄道を作ることに反対だったようで、国防を
強化する為に国策を変えるよう働きかけていたようで
ある。そのような悲喜こもごもの人間模様の中同乗し
た人達は、どのような顔をし又どのような会話を交わ
したのであろうか。興味の湧くところではある。鉄道
の開通が明治維新よりわずか5年後のことであったと

いうのも又脅威的なことである。

　急激で不穏で不安定な世界情勢が、これからも益々加速していく様相を示しているように私には思えるが、これからの私達の努力によってその歩みを少し遅らせることは可能であると思う。

　今の所、私達一般庶民の生活は、物価上昇の危機にさらされているとは言え、命を繋いでいける程度の平安が続いているように見える。鹿屋から飛び立った飛行機だろうか、異常に低空に坊津の民家の上を飛ぶ飛行機が増えたことを私は少なからず不安に思っているところである。しかし、私達は、今私達に出来ることを精一杯コツコツと坦々とやるしかないとも思う。

　思いつくままに、ここまで坊津のことを書き進めてくると、私が初めて坊津に来た時のことを思い出す。一番最初から気にかかっていた坊津の人達の風情と気質についてである。

　坊津の人達の気質を形作っていた要因については、

ある程度その歴史とその経緯を示すことによって自ず
と明らかとなったのではないだろうか？

　出会った最初から、私はここ坊津の人達のことが好
きだったような気がする。それは、ここの温暖な気候
等の影響もあるだろうが、近隣の人達のくったくのな
い笑顔だったり、明るくくよくよしない前向きな感じ
等であり、それぞれにそれなりのしっかりした芯があ
ること等、成るべくして成った坊津の人々の愛すべき
性質である。そして何より、私自身の心も大きく開い
ていたと言えると思う。

　さて、人がどんどん目減りしていくこのような地域
とは、どのように変化しどのように変貌していくべき
なのだろう。老人ばかりが目立ち月に何度もお葬式が
とり行なわれる。命とは何と儚いものかとも思うが、
地元の人は「そんなもんかなあと思う」と坦々と言っ
ていた。彼らにとって死は余りにも身近なもののよう
である。

　Ⅰ・ターンとして、外側から過疎化や僻地化という

ものを見る機会が私には沢山あった訳だけれど、どんな状況にも必ず未来というものはあるのだと確信するものである。今までの経験からいうと役場の進めるプロジェクトがいつも最適であったとはいい難い。「誰でもいいよ、呼び込もう」というスローガンは不要である。地元の人達は、自分達の住み慣れた町を本当の所踏み荒らされたくないのではないかと思うのであるが、老齢化が進みそうもいっていられない切実な問題が年々増えるばかりである。

　私が以前I・ターンとして住んでいた和歌山では、県から移住者の呼び込みを委託されていたNPO法人が、誰はばからず、「現状維持」と叫んでいた。移住者の自分からすれば現地に入ってから、行政と地元の人達との間の隔たりに啞然とした訳である。開発する上において先ず地元の人達が何を望んでいるかを知ることは大事なことである。

　そして坊津の人々の「ここは、いい所よー」と言ってくるその顔には、ある種の充足感があるように私に

は思えた。この愛すべき地域が変わってほしくないが、現状が維持されつつもささやかな未来が少し見えてほしい、不便なこととか、医療のこととか不安なこともあるけれど、それら全てをひっくるめて「今という現状が続けばいい」と思っている。そんな風に私には思えるのである。

　今現在生きている老人という名の私達が生かし生かされる社会というのは、一体どのようなものなのだろうと私はいつも考える。私は、この辺り一帯が大きな老人ホームになればいいのではないかと思っているのである。老人を生かすには老人を増やすことだと私はシンプルに考える、老人に関わることが仕事として成立するのであれば、仕事を求めてやって来る人達も自ずと増えると思う。奇想天外と笑い飛ばす人もあろうかと思うが、これはひとつの案に過ぎない。そしてこれは、どこの自治体もやったことのない老人の為にひとつの町を作りあげるプロジェクトなのである。誰か心ある人の目に留まれば幸いである。

もしこの案が、夢ではなく現実のものとなったあか
つきには、私は、人々が春を目一杯楽しめるように、
桜の苗木を寄付したいと思う。ここに来て6ヶ月程
経った頃、役場に桜の苗木を10万円分寄付したいと
申し出たら、「桜は後の管理が大変なので結構です」
とお断りされた経緯があるが、桜とは、日本人にとっ
て特別な感性を呼び起こす樹木であって、桜のある所
には必ず人が集まるものである。桜の木を増やすこと
についてのご検討を今一度お願いしたいところである。
桜に限らず花には人を集わす力があり、花の持つ力と
は凄いといつも思うものである。

　書斎から見える小高い山々に又桜が色づき始め、そ
れらは坊津に来てから早くも一年という月日が経った
ことを私に教えてくれるものであり、何やら感慨深い
ものである。ここら辺りの山々が私の好きな雑木山で
あるということが、何か懐かしく郷愁をさそうような
雰囲気を醸し出す役割を担っているということは確か

なことである。

　まだ夜の明けきらぬ早朝である。うすぼんやりとした静寂の中ピンチと散歩に出かける。今日は、めずらしく入り江近くの深い緑の大樹に２羽の青さぎがいた。新たな巣を又作ったのだろうか？　しばらくして青さぎは、葉山の上を飛び立った。きっとこれは、古代の怪鳥の残党に違いない。青さぎとはいかにもそのような風情の鳥である。早朝の薄ぼんやりとした明かりの中で「ギャーギャー」という青さぎのけたたましさが、さらに不思議な幻想感で私を満たすのだった。

　私の中で、坊津は徐々に輝きを増し始めている。ここは景と史と和の町であると思った。明るいネオンや映えるお店等は、何ひとつない所であるが、それに代わるあり余る程の美しい自然と人々のやさしさがここにはあった。

　書くことがあり、畑のことがあり花壇のことがある。食事を作り風呂と部屋をそうじしてピンチと散歩に出掛ける。キラキラとした海があって温暖な気候がある。

豊かに畑のもの海のもの山のもの等の食べものがあり熟睡出来る夜がある。

　私は、そんなにお金持ちではないけれど、豊かな時間が坦々と過ぎていくことに只々感謝するものである。

　５月某日、テレビでウクライナのゼレンスキー大統領が、広島G7サミットに参加と大きく報じられていた。

　坊津は、今まさに私の中で生き生きと息づき始めた宝石である。時々に電話で話をする兄は「君は、いつもついているね」と言うのが口癖であるのだが、私は、今ある生活は自分のこつこつと努力をした日々の成果であると思っている。全ての人は、自分自身の行為の結果を自身が受けとるものであると確信するものである。

　夕刻、坊津港の切り立った山と山の丁度真ん中に赤い赤い夕日が見える。今日も平穏、坊津の海に日が沈む。平凡でありながらなんとも美しい今日の我が家の

風景である。書きものをする私の側でピンチが伸び伸
びと寝息をたてて眠っている。

後書き

　残念ながら巷では、書物離れの傾向が加速しているように見受けられるが、『本の形』という美しい文化が私は大好きである。書物によってどれだけ自分の歩く道が豊かになったことだろう。

　書物とは、世界の叡智に一瞬にして出会える窓である。世の中には本当に優れた人達がいるものである。私は日に何度でも本を楽しむ為に窓を開ける。

　書物というものの文化的価値に少しでも貢献出来ればと、出来得る限りの努力をしたいものである。

　又、これまでの自分の作品の中のひとつでも、人の心に響くものがあれば幸いである。前回ブルーの表紙で統一された『カワセミ・シリーズ』は最初の予定通り5冊で完結となり、今回、2024年4月にイエローの表紙で統一された『稲穂シリーズ』第1作目を出版できることを嬉しく思うものである。

2022年3月、鹿児島県南さつまという所へ移住して来てからの一年、何という早さで過ぎ去ったことだろう。一年というものがこんなにも早く過ぎ去るのなら、これからの十年も又「あっ」という間の出来ごとに違いない。

　和歌山県上富田町での充電期間を経て、私は、又新たな土地に出会い、あまりにも悲惨な出来ごとが世界各地で起こっている現状の中で、細々とではあるが日々を豊かな心持ちで生活出来ていることに対し心から感謝するものである。

　人とは、確かに未来を見据えて歩くものであるが、足元を見ることを怠るなかれである。死というものが全てを分つまで、私は只々一生懸命でいよう。

　私に出来ることは、それ位のことだと私は思う。

　今回は、I・ターンとしてやって来た鹿児島県南さつまの坊津についてのエッセイであったが、次は『HAIKU-x』というものである。益々制作意欲の高なる昨今である。

P.S　最後に、この本を書くに当り、いろいろと時間をさいて下さった、元青野家の長女マツさんと四女のナツミさんに心より深くお礼申し上げます。有難うございました。

著者プロフィール

夢みる夢子（ゆめみるゆめこ）

1953 年生まれ。
京都出身、鹿児島県在住。
2015 年　自費出版『夢みる夢子の田舎暮らし「ヘブン自然農園」』
2015 年　自費出版『夢みる夢子の田舎暮らし「夢のつづき」』
2016 年　自費出版『夢みる夢子の田舎暮らし「ヘブン自然農園」』第 2
　　　　刷発行
2018 年　自費出版『夢みる夢子の田舎暮らし「その実践」』
2021 年　『KANOMONO』（文芸社）
2022 年　『SUPER MOON』（文芸社）
2022 年　『HAIKU-O_2』（文芸社）
2023 年　『HAIKU-H_2O』（文芸社）
2023 年　『菜園のススメ』（文芸社）

ぼうのつらいさん
坊津礼賛

2024年 4 月15日　初版第 1 刷発行

著　者　夢みる夢子
発行者　瓜谷　綱延
発行所　株式会社文芸社
　　　　〒160-0022　東京都新宿区新宿1－10－1
　　　　　　　　　　電話　03-5369-3060（代表）
　　　　　　　　　　　　　03-5369-2299（販売）

印刷所　株式会社フクイン